那個字太殘忍 我不敢說

周予寧

suncolor 三采文化

CONTENTS

輯二——

青春做為沒有妥善結尾的小說

作者序——

捉住光裡的微塵，詩是時空膠囊

我國中的時候想當小說家，寫過一些短篇小說，也煞有其事地做過故事大綱、人物設定，幻想自己能寫出幾百章的長篇連載，當然最後一個都沒完成。除了沒有毅力以外，有人說小說最重要的就是要有「衝突」，引發改變，讓故事能精彩地進行下去。但是我最討厭衝突了。

我在閱讀上很挑食，喜歡的小說看過一遍後，就只挑自己喜歡的章節一再重讀，跳過那些讓人心跳加速、擔心後面會如何發展的重要內容，只看故事人物普通地生活的部分。不討伐魔王，只待在新手村裡面趕羊。不發生命案也不去找兇手，只坐在安樂椅裡和助手喝茶聊天。不會遇上什麼攸關人類安危的大事件，普通地在魔法學院裡讀到畢業然後就業。為什麼不能有這種彷彿靜止一般的故事呢？

完成我這樣的夢想的是詩。

不一定要有情節的推進，不一定要有轉折，只是把當下的空氣、味道、細微到下一刻就會消失的想法，像捉住光裡的微塵一樣保存起來，好像每一次讀都能重新感受到那時的氛圍，我想寫的詩是一罐「2021/02/17，15：05」的空氣，完整的時空膠囊。在準備詩集的過程中，我從頭讀了一次以前的詩，就像在過去的書頁上貼上的標籤紙，連著高中時代的我、那時候想的事，喜歡的書和歌曲都一併抽出來。

〈流年〉和〈一起褪色〉是國中時代的我，上學路上早晨閃著光的河堤從公車窗外掠過，海風的味道，放學在學校後門買剛炸好的甜甜圈，穿過開滿九重葛的小巷去文具店。〈我們去西門町〉是高中和朋友下課後說走就走，穿著制服走到西門吃飯逛街看電影，每一次都嫌棄太常去西門早就膩了，但下一次還是會隨口說出「不然去西門啊。」然後還是玩得很開心。有好幾首情詩都是寫給我當時著迷的演員或偶像，認認真真地幻想我們在交往，平凡地一起生活甚至偶爾吵架。聽起來稍微有點像怪人，但那絕對也是堂堂正正的戀愛心情。

除了寫下的內容，因為寫作才遇上的珍貴的事也非常多。很幸運地在剛開始寫作時就得到一些文學獎的鼓勵，在網路上、社團裡遇到也在寫詩的怪人們，辦了一些群組一起約出來吃飯唱歌做根本無關文學的事。高一的小圈圈「砰砰砰」、高二跟社團的朋友們在我得獎時，雖然根本看不懂我在寫什麼還是為我高興。甚至因為台積電青年學生文學獎，高二的綽號變成「十萬塊」，滿十八歲的那天被一大堆人提醒要趕快去辦帳戶兌現獎金支票，這些荒唐的事現在想起來也只有開心而已。

因為加入校刊社，在邀約評審時認識了林達陽老師，和編輯微宣見面討論出詩集的可能，也因為得獎的關係得到了一些關注，所以現在有這個機會把作品整理成詩集出版，也是非常珍貴又不可思議的事。老實說當初討論出版的事時，我滿腦子都在想「真的假的，我嗎？我欸，我憑什麼啊。」「會放在誠品的架上嗎？跟那些作家放在附近？跟我之前買的那些詩集放在一起？」苦惱了非常久，但為了不辜負自己的幸運，我想為了自己訂下來的目標，不去思考太多地全力以赴一次。此刻有機會能夠寫下這篇序，讓更多人看到我寫的作品，和根本見不到面的人以這種形式相遇，除了感謝以外真的無話可說。當然，正式上架的話我絕對會去書店找我的書合照的。

最後一定得感謝的是我爸，讓我的生活平靜安穩到只需要專心讀書、自由地去做喜歡的事，據他說還遺傳了「文學基因」給我。也要感謝曾經在網路上給予我評論的人、在文學獎上遇見的作家評審，在陷入瓶頸時反覆讀那些評語已經變成我的習慣了。希望藉由這本詩集讓第一次讀到這些作品的人、曾經讀過我的詩的人，即使只是一個句子、一個詞也好，能夠在我珍惜保存的時光膠囊裡面，找到對你而言的寶物。

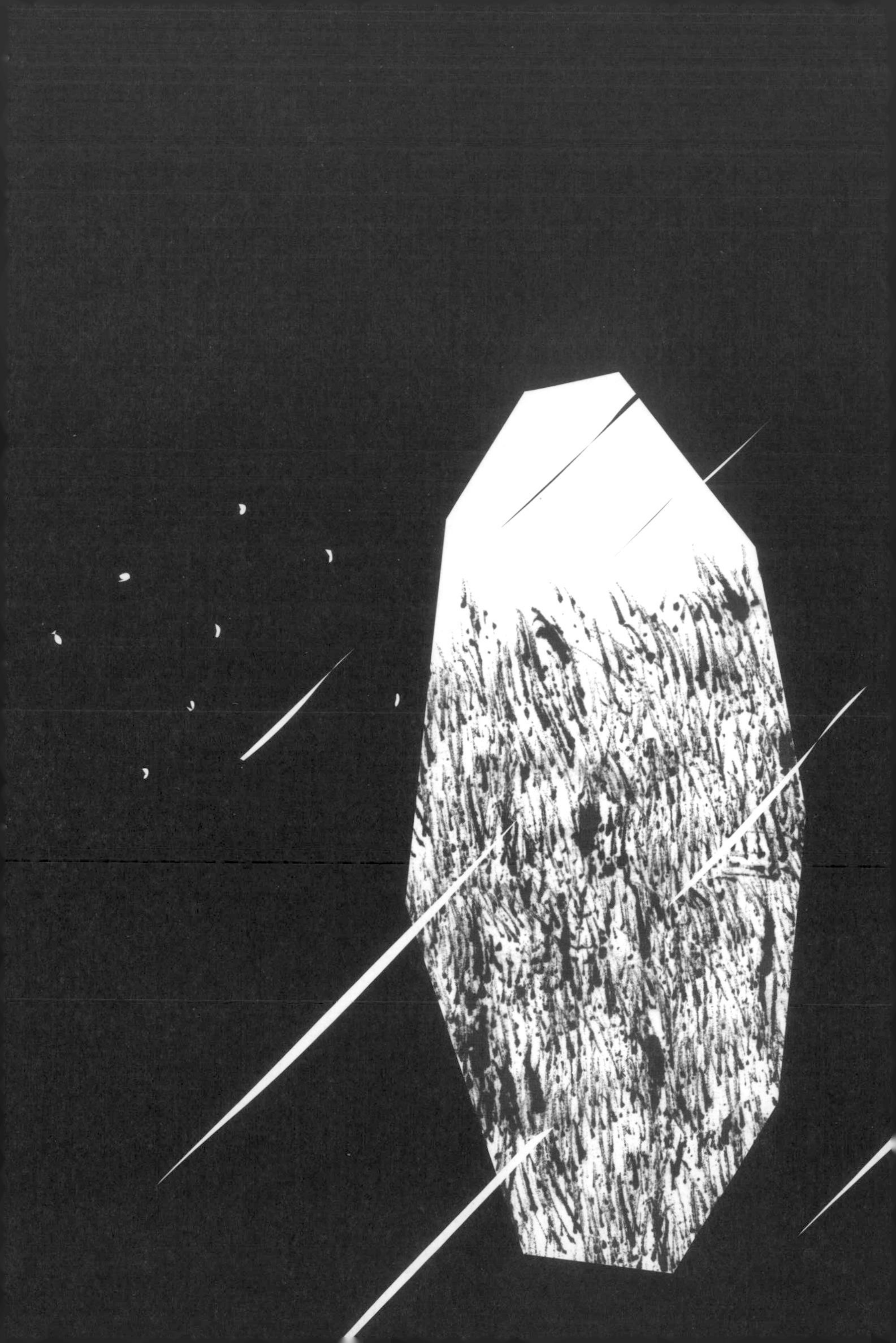

輯一

讓我們成為彼此的禮物

我親愛的，一切慢慢都會變好
長大以後，他們就會把衣櫃深處的翅膀還給你
它們仍像初生時那般潔白
能嵌入你肩胛骨上美麗的凹陷
所以答應我，要一直偷偷地記得怎麼飛行

借代少女

我一直很喜歡我們，用
比什麼都溫柔的文字啊
將平凡的事物包裝得那麼可愛

馬路上趴了一隻隻懶得動彈的斑馬
奶茶裡泡著一顆顆圓潤甜蜜的珍珠

你望向我的眼裡有秋水、有繁星、有滿月
我愛上你，心裡就開出玫瑰

藥石罔效

你早該知道花會謝
殘花會腐敗
腐敗的物事要化為塵土
土裡會開出花

你早該知道等待會冷
失溫的人尋求溫暖

所愛之人的胸口才有暖融的光火
愛一個人得等

我們手腕纏著的莫比烏斯環早就斷了
結束已經不是開始
開始卻始終導向結束

你是苦口的藥汁
我要的是甜膩的鴆酒

你要的是清白的芙蕖
我只是略通水性的罌粟

腐敗的物事要化為
塵土
土裡會開出花

那種東西不能叫做愛情

你不該希冀我變成更好的人
你不該討厭我的軟弱或殘忍
就如我
是如何深深地深深地愛著你的愚蠢

你無須試圖掩蓋你的汙穢
我會用力擁抱你的刻薄與尖銳

就如我
也需要你接納我空洞的靈魂

關於那些太安靜的、曾被我藏匿起來的陰影
你要知道它們都已是我生命的一部分
一旦剪去，我或許
就不能被算作一個完整的人

可你向來吝嗇給予比一句無所謂更多的寬容
也不願去看
布幕下我醜陋的構造
和
軀殼內潰敗腐壞的心

已經不想再跟你討論光與影的關係
甚至沒有力氣去解釋
你給我的那種東西不叫愛情

約定

我親愛的，一切都會變好
要相信會有人一顆顆替你拾起滿地淚珠
饋你以額上最溫柔的親吻
他甜蜜的撫觸會癒合你被風刮傷的臉頰
所以答應我，悲傷的時候就好好哭泣

我親愛的，一切慢慢都會變好

長大以後，他們就會把衣櫃深處的翅膀還給你
它們仍像初生時那般潔白
能嵌入你肩胛骨上美麗的凹陷
所以答應我，要一直偷偷地記得怎麼飛行

我親愛的，一切當然都會變好
你深愛的人們全都不會死去
枯萎的玫瑰就煮成茶
珍視的事物必永存於你眼瞼之下的世界
所以答應我，要知道我絕不會棄你而去

我親愛的，一切一直都那麼好
我還想念你

只要你嘴角梨渦還在呢
花還沒開也沒關係
所以，你知道嗎，我親愛的
我多希望你能了解，幸福從不是太奢侈的東西

所以答應我，
要一直偷偷地記得
怎麼飛行

可不可以

希望世界變得足夠溫柔
鯨魚與貓
也能好好相愛

流年

可是以後不會再聞到相同的海水氣味了，我說
海總是在的
可是
飽含鹽分的風和沙粒再重
也要從髮間溜過

是啊，你說離別後就好好離別

別做那些太黏稠的事
像寫信、問候，你一向不嗜甜的
所以，也不要再次相遇了
畢竟再一次相遇時
必定無法美好如初

你總是正確的
正確的令人悲傷
我害怕離別並不代表開始
害怕再見代表再也不見
害怕之後的淚水不會再像上次我們偷抽菸時
嗆完之後，也還會大笑

第三道浪在海岸線上破碎
只好道別了呢，即使
你的眼裡大概不會有不捨
我也只是難過我們終將失去能輕易說出我很想你的那種溫柔

就此，在你被吹進眼裡的塵埃徹底遮住以前
把你的影子泡進淚裡
好好醃漬
似乎也只能看著你啊
在我們漫長的再沒有彼此的
流沙似的年歲裡
無可奈何地腐爛

把你的影子
泡進淚裡
好好醃漬

要如何讓你相信
愛情不只有一種方式

有些人選擇玫瑰
有些人選擇刀刃

有些人選擇靈魂的契合
有些人選擇器官的接合

要如何讓你知道這些都不重要
也都很重要
要如何讓你知道我當然愛你
即使我並不愛你

要如何讓你知道我
當然愛你
即使我並不愛你

還是要記得換氣

總得為生活劃下休止符
在被允許的小節吸一大口氣
已經為他人和聲了很久
希望你還記得自己的聲音

我喜歡你的每一次走音

也不在意你偷偷換氣
讓規則為自己柔軟一次
唱適合你的旋律

如果想唱歌你就唱歌
如果想安靜你就安靜
不必去聽那些繁雜的回聲
你擁有你才有的美麗

我喜歡你的
每一次走音
也不在意
你偷偷換氣

推理小說看太多

不在場證明

總是在她的心都被掏出來了以後
才知道他也是個慣犯
擅長在竊盜後冷靜地書寫
他鮮血淋漓的不在場證明

傷害罪

堆砌起來的終將倒塌
塗抹上去的也要風化
所以我選擇舉刀
把自己銘刻在你身上

自白書

一直很努力的
把想說的話修剪成
你們願意傾聽的形狀

怎麼也剪不好的地方
我就說謊

愛的終焉 1

該是刀與叉的關係
一片蝶翼與另一片的交疊
你的湖溶盡了我的水仙
於是在我們相差的餘集裡
有一整個世界

於是在我們相差的
餘集裡
有一整個世界

愛的終焉 2

你的愛是羞恥
是潰爛了就無法復原的傷
是沒有介質的深淵
連聲音也傳達不了

你的愛是罪
是愚蠢，是被投以碎石

也洗不淨的汙穢
很多很多次你想逃跑
很多很多次你連瘋掉都做不到

你的愛是最純粹的痛苦
是無人圍觀的酷刑
沒有被標籤和偏見包住
大家就不敢看到

很多很多次
你想逃跑
很多很多次
你連瘋掉都做不到

你說話的時候
眼角沾染著月光

我醒來了之後你會過來嗎
陪我在稀薄的空氣裡固定自己
把曙光細細收疊
全按進我的掌心

我睡著了之後你會留下嗎
勾手約定不再哭了
為悲傷的音符蓋上毛毯
哄進搖搖欲墜的催眠曲

我離開了之後你還會在嗎
把你的眉眼描成港灣
瞳孔是璀璨的星火
就算沉沒也得以停留

「我離開了之後你該怎麼辦呢？」
你說話的時候眼角沾染著月光

瞳孔是璀璨的星火
就算沉沒
也得以停留

家事

落地窗還來不及醒
房裡安睡的時鐘與棉被
空氣是打起瞌睡的塵埃

你在浴室轉開牙膏與燈火
梳齒安撫髮絲
夢還是昨天的

只有肥皂泡泡日日更新

不忘記為多肉植物鎖上門
為熊寶寶留一盞燈
習慣把窗簾通通拉起
給壁紙一點隱私

清晨的家事節目提醒
記得平凡是最溫暖靜定的熨斗
讓日子服貼平整
完滿如家

記得平凡是最溫暖
靜定的熨斗
讓日子服貼平整

我的志願

我的志願

我的心胸狹隘
裝不進一顆燈泡
我要把自己削成
一根謙卑的火柴

你怕黑
我就燒成灰燼

我的志願

我要當
最難以戒除的毒品
被我傷害的人
都更加愛我

你怕黑
我就燒成灰燼

有些人天生孤獨
而有些人只是寂寞

很久沒有再
為一個人改變起床時間
也不再裁剪自己
成為更圓潤的形狀

在被白天抓走以前
接受自己依然是可怕的怪物
聽見敲門聲
就要用毯子遮好

已經沒有完好的地方
能被你割傷
那些偶爾溫柔的
除了拒絕沒有更好的選項

「我的夢黏膩易燃
你不要靠近。」

已經沒有完好
的地方
能被你割傷

去一個更好的地方

我們啊
一起去一個更好的地方吧
那裡沒有過敏
圖書館擺滿詩集
你愛的詩人
通通被關在地下室裡

去一個比貓咪咖啡廳更好的地方
（雖然不是貓咪書店
也不是貓咪電影院）
那裡每支桌腳都扎滿玻璃
受傷的人
都有了不再逃避的勇氣

我會為你建造一個更好的地方
那裡
沒有鏡子沒有車窗
沒有任何會反射的東西
為了健全的愛的培育
你只能在我眼中看見自己

焦

使我疼痛
更痛更清晰的背起
喜歡致死的機率

使我眩暈
每一個荒謬的夢境
都有你把我掐醒

將我焚燒成
無法灌溉的焦土
我就只能留下你的印記

每一個荒謬的夢境
都有你把我掐醒

凍

折斷自己的每根骨頭
徹底臣服於你
獻上最珍視的糖果
讓你全部丟棄

反覆說明我可以為了信仰你
死掉好多好多次

而你一個字都不聽
你是無法愛的那種人
別用碎冰一樣的眼神看我
我會融化

折斷自己的
每根骨頭
徹底臣服於你

你好

你好，雨下過了
這裡的生活濕潤
日子與行人的腳掌
隨時要發芽

你聽得見我嗎
聲音沿著窗櫺滴落

你或許正拍打毛毯
鑽進適合做夢的天氣

但如果雨停，午睡時間
仍有水滴打進你
打得你滿身瘡痍

我能是傘
你願不願意

我能是傘
你願不願意

晨起

很難想像吧，沉默又
都是聲音
毛巾每一吋皺摺裡你
口型與手勢、牙膏氣味
呼吸頻率的暗喻

日光安靜
愛是私密的事情

*末句來自詹明杰的詩題〈愛是私密的事〉

東區東區

彎進每一個轉角
默數迴圈裡每一次
遇見的可能性

遇見，用不一樣的面貌
趁燈火還未清醒
日光下你黯黯、淡淡

深深的冷冷
輕輕

輕輕親愛的
可不可以聽我
按著門牌一一細數
慢慢

愛是空巷
寧靜而長

思春期飲食指南

他們全部望向另一個方向
桌下是否併攏膝蓋表情都依然克己
越不堪越被吸引

貪婪是初嚐的口型

你要被吃但不被吃定
要知道吃是儀式、食慾神聖

當一塊肉要有一塊肉的自持
你的叉匙向外打開
但不是每個人都能掀開你的餐巾

前程虔誠，依序用上每副餐具
切割你剖開你拍照發文留念
傲嬌是不准客製化的調味
愛是礙事，愛是他們的食糜

他們全都望向你的方向
當一塊肉要有當一塊肉的自知
再不煮熟你就要爛透
快點煮熟你就跟他們一起爛透

你的叉匙向外打開
但不是每個人都能
掀開你的餐巾

初戀

自很久很久以前一次愚蠢到融化的愛後
你的影子就此無法被任何一種生活小撇步清除的沾黏在
本應屬於我與中華文化基本教材那樣總能在教官的注視下微笑稍息站好
的不令人羞恥的生活

像砂糖一樣的你

成癮性
像是整整齊齊
溫暖的剛燙好的襯衫
就那麼的不小心的
燙進胸口
不留下任何烙印

最狡猾
像水珠沿著窗玻璃
滴進仙人掌盆栽
就這樣的呼吸般的
將沙漠沖刷成雨林

不講道理
在文法與字義、句讀與讀音
四時遞嬗的起承轉合
你是天外飛來的一筆

自洞中蔓延的漿液越發甜膩
如果，如果我們即將談到愛情

唯一性

你是閃閃發亮的糖粒
該被裝在我的玻璃罐裡

你是閃閃發亮
的糖粒
該被裝在
我的玻璃罐裡

腹語術

我柔軟嗎？
像熟透的熱帶水果一樣
腐敗而柔軟嗎？
為什麼你可以那麼輕易地剝開我
在白熾燈下看見我
曝曬我如陽光下整齊的果乾
乾燥了那些恐怖而潮濕的愛呢？

現在我是乾燥的了
可以擁抱、可以握手
不再有誰被我滲出毛孔的黏膩惡意
傷害過後，忘記自己完整的模樣
現在我們可以一起寫信了
可以將乾燥花般的問候語
仔細夾入閒話家常間的行距
可以落款
可以用方正的字跡一遍遍寫下
我愛你我愛你我愛你

這一切都是給你的，如果你願意
我將是你的應許之地

是你的末路之城，是每個拋錨的人
急著找的那家修車廠
我是沒有毒蛇的伊甸園
給你吃下每顆果實的權力

如果你願意，把手伸進我熟透的腹胸
它是柔軟的嗎？
潮濕而柔軟，像初生時我們都吃過的嬰兒食品
一樣天真而柔軟嗎？
如果你願意，用你與生俱來的腹語術
讓我說一切你想聽的話吧
我是你的水妖、你的貓
你手臂上纏繞的無牙的蛇

如果你想聽，我就為你說：
我愛你我愛你我愛你

我是沒有毒蛇
的伊甸園
給你吃下每顆果實
的權力

共生

悄悄把頻率對齊
像二部合音、像行充和手機
像拉鍊的兩端把自己細密的齒
密合進你的腳步
沉甸甸的
你就不會不小心把我丟掉

改名為你的口頭禪
或是你思考時不由自主發出的聲音
如果你化妝
我就想當一瓶溫和的卸妝水

你覺得愛很難懂，而我並不
愛是你每一次呼吸、每一個音節
每一個眨眼剪裁每一幅風景
每一件襯衫露出的線頭
都對準一個偉大的祕密

有些人的愛是火，而我並不
當你是一瓶香水
我可以只當你的噴頭

像拉鍊的兩端
把自己細密的齒
密合進你的腳步

老套

放棄街舞
選擇華爾茲
放棄剛上映的英雄電影
選擇那種主角們互相討厭
卻還是墜入愛河的愛情喜劇

放棄間接照明
選擇蠟燭
放棄設計師款的生活小物
選擇一百朵玫瑰

放棄欲擒故縱
放棄斟酌語言
放棄用一百種沒人想過的方式告白
放棄把你寫進一首
為了得獎而寫的詩中
（用盡各種比喻，還有那種
錯亂但
很有感覺的斷句）

選擇寫信
選擇笨拙地邀約一頓
矯情而浪漫的晚餐
提前一個禮拜預習
你的喜好、興趣
天氣和星座的話題

放棄伏筆
放棄一個精心設計的巧合，放棄讓
通向你心裡的每條路
都是我鋪下的套路

選擇沒有任何修辭法的三個字
選擇在你面前
當一個誠實而老派的失敗者
當我透明如你手捧的玻璃杯
你就能輕易把我摔碎

通向你心裡的
每條路
都是我鋪下的套路

自我介紹

「你真的想再
了解我一些嗎？」
狗是陽光色的答案
柔軟的灰色是貓
喜歡兔子的人

害怕一個人看電影
喜歡人的人
時而也害怕自己

把星座運勢暫且擱置
讓我們聊點更私人的事情像
調味牛奶
水果口味的人念舊
巧克力口味的人
和手勢都有點搖擺不定
原味的人
總是在冷熱過渡的季節
不斷過敏

荷葉邊的T-shirt
通常是隨和的證明
圍著圍巾的人
非常怕癢
而那些穿毛衣的人
渾身破綻
一拉就要解體

如果足夠熟悉
讓我們說到旅遊
那些不斷回到巴黎的人
不斷從生活中逃離

就算是臺北人也通常
更喜歡倫敦的雨
有些人一直在等
一個一起去冰島的旅伴
一起死在那裡
永遠無名

這裡是
最後一個問題
如果我已經整理好行李
你會阻止我
還是答應？

如常

相同口味的冰淇淋被過度囤積
即將過期
維持著容易落枕的一種睡姿
在漫無止境的夏日裡逐漸
迷上一個無法call-in的廣播節目

雜音在水槽底沉澱

使喻體越加清晰
澆過水的仙人掌還能被乾燥多久？
他只是擰個毛巾，就
又一次把我沾濕

沒有關上的冰箱門
讓整個廚房都有點傾斜
「我們有沒有可能……」
比如，有沒有可能一起去逛IKEA
把桌腳磨損的茶几
換成更牢固的餐桌

午睡醒時

彷彿是永晝，陽光如水
屋裡一隻陌生的
打著呵欠的三色貓
漫步式地踩過滿地糖粒
（他並不在意，也不知道
他沒有抓我
才讓我更痛）

我只是想把牛奶盛進他的玻璃杯裡

只是很普通的事

反覆辯證過的尖銳命題
依附在你的眼瞼
而有了更加滑膩的質地
此後的生活是水
把讀過的情詩一一溶解
倒進慣用的馬克杯

此後，只要煩惱晚餐的選項就好
捧著一碗白粥
就成為彼此的鹽
答應你學著洗衣服
把過去的摺痕
漿洗後慢慢熨平
就算我的傷心細如針孔
你能輕易穿過

此後就可以理所當然的
添購成對的盥洗用品
用同一款牙膏
共享薄荷氣味的早餐笑話

可以變得空白而純粹
可以凝視那些
我們身上因相似而錯誤的地方

即使此刻，我們都還是被剩下的人
只是相信尚未到來的此後
會緩慢而堅定的靠近

此刻，我答應你
在潔白的未來
我會端正寫下你的名字

我希望你能好好生活

我把自己在你面前鋪平成
一片地毯，好嗎
有點陳舊、被好多人踩軟了的那種
確保你的客廳不會有
任何一顆惱人的豌豆
（或是樂高）

我沒有很多要求，只是想
陪你一起看電視上
無限重播的港片
聽你在每一個喜歡的片段
用燒開水的聲音大笑
分享同一包洋芋片
（雖然你通常
只願意給我吃剩的屑屑）

被你沾上牛奶漬
也沒關係
只要你咬著三明治
看著電視新聞的時候

不會再突然哭出來
（沒有什麼事
比你開不開心重要）

藏住你不想再看見的
舊照片
用身體的摺疊
生出你找了好久的遙控器
這樣你是不是就能相信
找到一種善待自己的生活方式，也
沒有那麼困難
（再說一次吧，沒有
沒有什麼

比你開不開心重要）

我只希望你能好好生活
一步一步，踏實地
變成全世界最幸福的人

（比起這個
對你來說
我是什麼
也就不是多麼
值得在意的事）

我是什麼
也就不是多麼
值得在意的事

黑色頭髮的男人

沒有比他更適合白襯衫的人了。
像沒有格線的筆記本
有一種冷而潔白的端正
刻度的睫毛，銳角的唇
下顎分明的稜線
割傷好多人的指尖

沒有比他更適合養一盆黃金葛的人了。
背影井然如盆景
每塊土地都被輕易踏實
他的眼神強而穩定
在你眼底生根

沒有比他更適合，獨自
在公車上讀詩的人了。
研讀擦傷窗面的雨滴
自願成為他的陰謀論者
懷疑他每一個默念出聲的章節
都有所指涉

沒有比他更適合，
當一個陌生的真命天子的人了。
有足夠的破綻讓你愛
有足夠的防備要你自律
如果要和一個初次見面的人
同居，並且如陷熱戀地
做盡一切應做不應做的事諸如
開始用同一支牙膏

你能想見嗎？肯定
沒有比他更適合的人了。

獨一無二

日日折損，成為
因溫差而起霧的眼鏡
過度曝光的相片
終於發現自己
是一只最常見的白色馬克杯

日日稀釋

黑咖啡的心事
淬出白開水
很平常的味道

卻還是想成為
哪個人的限量品
日日溫著一杯牛奶
捂熱夢境
還是想在被摔碎時
引起一點無鹽的傷心

那邊那位
在餐具櫃前猶豫了很久的

如果你正好缺一個
願意成為你的唯一的
樸素可靠的馬克杯

雖然之後可能會特價
但是現在
買下我好嗎？

還是想在被摔碎時
引起一點
無鹽的傷心

積木

我身上的一切凹陷
都是為了擁抱你的突出

剖白

乾燥花般懸吊的詩句紛紛
捲住她，如捲住窗簾的花藤
誘使她以一個隱喻
交換一個亟需日曬的祕密

如同誘使一株植物暴露自己的根
而不告知她的死期

誘使她以一個隱喻
交換一個亟需日曬
的祕密

成真

這裡有琥珀色的光與水
與一整個可供浪費的佳節
有彈奏著自己的鋼琴
永遠旋轉的芭蕾舞伶

你的聲音是恰好的火星
點燃苦艾酒上的方糖
使其融化，成為我

一灘灼燒的糖液

被同一支湯匙燙傷舌尖
用含著冰水的嘴型
交換一句溫暖的謎語

讓一切願望一一成真
讓仰望著同一顆伯利恆之星的
胡桃鉗與芭蕾人偶
暫時忘卻頭頂的吊繩
在那女孩醒來之前跳下聖誕樹
掉進一整盒的彩色紙絲裡
讓我們成為彼此的禮物

你的聲音
是恰好的火星
點燃苦艾酒上
的方糖

關於他的事

比起貓更加狐狸
比起2更加的7
比起水晶石英
他是更加鑽石的玻璃

他是沒有鋸齒的奶油刀
把每個人抹平
是一種比較銳利的貼心

他聞起來有點像
早餐打翻的柳橙果汁

稍微澀所以記得
稍微酸所以層次分明
他是白襯衫上洗不掉的一滴顏料
那麼深刻

比起橋牌更加心臟病
比起安徒生更加格林
稍微心跳稍微兒童不宜
他是——
有點甜
又讓你有點傷心

他是沒有鋸齒的
奶油刀
把每個人抹平

痛

喃喃月色
月桂叢的小徑
踏著你的腳步悄然
逃跑，盛開的
裙襬擦過腳踝獨自
瑣碎細語

從睫毛尖端延伸而
微微露水
就輕易抖落，踩過
草地清脆地
落地玻璃

怎麼回頭都
不重要了你信步
不忍看我的
月色目光
比桂花的香氣更加
無法抵擋地
疼痛

比桂花的香氣更加
無法抵擋地
疼痛

壓抑

使我幻聽的名字
出現在每一個肖似
又截然不同的人身上
柔和的背影
不過是，如此唱了一首
太過通俗的情歌

把午餐餐盤併攏
我飲料杯上的水珠
漸漸，沾濕你擱置的小指
如果距離能縮短到
睫毛相觸，你是不是就會發現
我捂著嘴是為了
吞下太急切的問句

狂轉的腳踏車後輪和
失修的煞車，在不平的路上
跳動的車籃叮噹作響

如果我
一不小心
就向你衝去

聖誕節以後

摘下伯利恆之星，收進櫥櫃
剩菜剩飯用保鮮膜包住
熱一熱又是明天的午餐
而她昨日剪下的雪花
在回收箱裡永遠綻放

日劇的女主角此刻

是否後悔了？沒有燈飾的街
沒有唱著平安夜的小女孩
紅著臉拉她的衣角
她怎麼就答應了，看著他
工作日一般規整的臉
熄掉的火柴的眼睛

明年聖誕節
日曆上劃著紅紅的圈
或許是電影，黏手的爆米花
一頓不是她煮的晚餐

「今年也請多多指教。」

鬧區的燈就這樣在他眼中亮起
看過那一刻的光
她就還是未熄的燭火
樹上唯一的星星

看過那一刻的光
她就還是未熄
的燭火
樹上唯一的星星

練習

我始終在閣樓裡
寄出無人閱讀的信
凝神等待摧毀一切的龍捲風
揭開我的瀏海

我獨自演習
未曾降臨的災難

如何愛一個傷害我的人
練習，關於心
如何獨自堅強
像空無一物的珠寶盒

但這始終只是
我的閣樓
沒有窗與門把
溫暖永恆的南國
如何等待雨來

即使看見
愛是我登不上的階梯

即使看見
愛是我登不上
的階梯

永不結束的夏日 1

風掠過鼻尖，透明的結晶
焦糖海鹽口味的瞳孔
在你眼中起伏的浪
甜而微鹹

比久經辯證的命題更為深刻
那些無關痛癢的細語
共同錯過的景色
共同持有的彈珠
瞇起一隻眼睛就好像
世界正純潔而湛藍

即使你指間的心事
那麼粗糙，海迫使我們
退守潮間帶，而我
終於發現持有的貝殼
都是偷來的

我仍願意一次次揉去
眼裡的沙
就去相信

關於他的事

心不在焉，在或不在
在意起長椅旁的空缺
椅腳安穩如韻，祕密的諧音
無論在不在一起
只想讓他瑣碎的笑語
成為我最熟悉的樂器

他反覆翻閱的地圖集
指出我的道路，如此唯一
一一流向他掌心的海
即使粗糙如鹽粒
痛都是癢，黏也不膩
不去相信所謂詩與遠方
因為遠方就在此地

此時此地，說起陳舊的誓約
以一種嶄新的語氣
讓我不顧一切的融化
褪色的花、靜止的星星
走調的搖籃曲，都被抹去

在珍視的白紙寫下關於他
關於一起，寫下
那些很普通的事情

他反覆翻閱的
地圖集
指出我的道路，
如此唯一

有的是時間

牽手踩過積水，穿過燈光
閃閃爍爍的地下道
透過搖搖晃晃的轉角鏡看見你
聞到烈日下的菜市場
走過被雨洗亮的柏油路

吃一頓飯，分一杯酒
冰塊歸我、酒精歸你
吃不完的炒麵也歸你
用捏著零錢的手
把日子細細算到零頭
再除以二

看過彼此最鬆懈的拖鞋
聽夜市老闆攬客然後一起
被一句帥哥美女留下
一起相信最常見的謊言

把每一次吵架的氣話
都當作誓言
相信我們以後
還有的是時間

陪你跌倒

我不想假裝我明白你的悲傷

我想陪你去看煙火
聽綻放的光的聲音，一起被嚇到
看星星落入海中，想像它們游泳
像溫暖的魚穿梭過你的眼睛
留下一道海水，有點鹹

我知道是因為我會吻你

我想和你坐在沙發上
分一桶薄荷巧克力冰淇淋
讓你把我的手臂枕到發麻
家居服上沾滿貓毛和絮語
整個下午就像小睡的貓一樣慢慢融化
我們沒有養貓，但我們可以想像

我不想假裝明白，但我可以想像
你的耳鳴，不存在的蚊子棲息在
心裡，成為每一個思緒的背景音
你覺得寒冷即使冷氣已經關掉

覺得非常孤單而我不是你的解藥

愛不是你的解藥
或許悲傷才是你本來的模樣
情歌和童話都在說謊
但我可以陪你跌倒，陪你躺好
在你不知道怎麼活下來的日子裡
陪著你先不要死掉，這樣就好

但我可以陪你跌倒，
陪你躺好
在你不知道怎麼活
下來的日子裡

輯二

青春作為沒有妥善結尾的小說

寫下所有細微，像是咬到舌尖
輕礙的小小煩惱
要告訴你所有祕密，像是
每一次你字裡有雨
我就跟著淋漓

夜行人生

從驚飛鴿群的第一槍起
這就注定是場悲劇
「愛情是愚蠢的！」
「信任是愚蠢的！」

在這裡，溫柔的人活不下去
他們逼你變得足夠殘忍

即使踏過柔軟而溫熱的屍體和血
仍面不改色
「最惡之人得勝！」
「為善之人必不得好死！」

沒有人得到幸福
如果毒品不算幸福的話
沒有人得到審判
如果死亡不算審判的話
「少自以為是了！」
「這世界絕不神聖！」

你愛過幾個人

也就死了幾次
你殺了幾個人
於是重獲新生
「強者理應痲木！」
「悲傷是弱者的證明！」

曾有人向你投以同情，與
據說來自天堂的訊息
然後你使人折斷了他的雙翼
滿足地見他也化為血肉模糊之軀
「聖女不存在！」
「純潔只是汙穢的開始！」

最後，那是你一如既往被迫演出的一幕
來自相同的黑暗的你們
也走向相同的黑暗
卻仍有無情的旁觀者面目猙獰的怒吼
「你還沒付清代價！」
「你沒有資格離開！」

於是臺北一直是個矛盾的城市

他們吃下多少號稱健康的食品
再爭先恐後去掛心理科的門診
他們蓋了那麼多高樓大廈
卻忘了替家人留一個擁抱的面積

每天有多少人努力遠離地面
就有多少人墜落地面

很多人約好了再見
卻一直等不到那天

很多人約好了再見
卻一直等不到那天

膽小鬼的理想人生

我理想中的人生是
有點自虐的
研讀最討厭的數學
忘了詩該怎麼寫

只喝和自己一樣甜的飲料
從來不知道糖的味道

寫一本超級誠實的自傳
絕不賣給認識我的人

一輩子都在戀愛，然後
誰也不喜歡

最好的狀況下
會在成為受精卵前就自殺，以確保
全世界都不記得我

我理想中的人生是
沒有失望的
而我會過得很好

因為你們不肯好好解釋

「總之就是有一群人死了，
而一個陌生人道了歉。」
那個大家被迫哀悼的故事
似乎已經是很久以前

他們老是說有人會哭
可我們聽不見

他們老是說
有人會哭
可我們聽不見

不要再看推理小說了

你以為一切都清清楚楚
真相是起霧的眼鏡一擦就乾淨
你以為一枚指紋就指向一個線索
萬千證據都收攏成唯一結果

可是生活不像推理小說
很多人都死得不明不白

真愛也不是殺人兇手
他承認了不代表他真的就是

你以為壞人都有苦衷
但有些人就只是想讓你痛苦
你以為偵探會替你伸張正義
但正義的背後也釘著帳單

真愛也不是
殺人兇手
他承認了不代表
他真的就是

馴鹿的角總在人前長出來

「小心點，
你把時序都打亂了。」

致我傲慢的旅行者
自然的意志拒絕過你
是你執意在冰原中燃起大火

燒出半個灼熱的夏季
於是那年的果實結得太早
飽漲而出只好鮮血淋漓
在海的源頭你給我的一次洪荒
讓我一直乾旱至今

致我殘忍的旅行者
你離去時踏過的雪壓碎玫瑰
我養了好久的鯉魚被狠狠凍傷
從此只是你遺棄的荒地

後來的後來不再有花了
那些脫落的也結不成痂

你說馴鹿的角總在人前長出來
於是我擁有過的一切
都成了殘次品

我們去西門町

日子浸在淡粉色中
放棄一些規矩一如
戴著及肩耳環走進學務處
不打算減肥

請放心
雖然穿著制服

我們並沒有要做壞事
（例如霸凌例如愛，例如當個不夠堅強的人）

你說我們去西門町吧
我們年輕飽滿的慾望注定要像過熟的蘋果
榨成汁拍照打卡然後並不喝下
上傳Instagram標註升學主義
在服飾店裡大笑
愚蠢快樂如我們
青春淺薄一如美好

但別想太多快樂就已經很好畢竟
才十六歲還沒學會假裝端莊會被原諒的

才十六歲尾隨喜歡的男孩會被原諒的
想笑就尖叫痛苦就逃跑畢竟
日子也沒辦法浪費在更好的事物上

想笑就尖叫
痛苦就逃跑畢竟
日子也沒辦法浪費
在更好的事物上

你說謊

請你安靜一些
離我無法闔上的眼遠一點
請你不要呼吸
不要在被泡泡水毒死的鯉魚面前
啵啵啵的說出泡泡

我討厭泡泡

你曾吹起美而完滿的熱氣球
讓魚缸外的空氣和夢那麼貼近
讓我升起
直到
啵

穿過一罐五元的泡泡水
缺角的塑膠圓環
我是摔死在磁磚地上的魚

你曾吹起美而完滿
的熱氣球
讓魚缸外的空氣和
夢那麼貼近

彌賽亞

我不曾向你祈求事實
理論、
治療人性的處方
淚水不會化膿
我沒有病

不要給我糖果

毛毯、
診療室裡太溫馴的貓
我不想摸

不要給我一首滿是謊言的詩
你的愛不可能那麼柔軟
你不是神

不要給我藥我害怕永生
不要離開我我害怕死亡
不要夢不要文字不要毒品不要破碎的歡愉
不要放棄千萬我求你請不要放棄我
我已經放棄了自己

不要給我一首
滿是謊言的詩
你的愛不可能
那麼柔軟

其實

我不害怕就算開了通知
也沒有人幫我慶祝生日
在意的人其實並不在意我
也沒有關係

我不害怕一個人逛街
買下一百件不適合我的衣服

也沒人跟我說
我的形狀奇怪
什麼都不適合

我不害怕把寫好的詩給別人看
剖開我體內的混亂
還能期待別人愛我
不要把我當成妖怪

我不害怕別人拿尖銳殘忍的問題
逼我回答
反正
我會說謊

眩暈

在飲料店裡嘔吐的女性全像糖果一樣融化
於是發現全糖的生活是會死人的儘管
那是花火的瞬間難道不像嗎一些
指數連續爆炸
那是很美的集體歇斯底里

合照一張吧，一些來自海外的美好標語

裁剪模糊焦點或許套上某種遮蔽用的色調
發文提醒民眾務必攜帶自拍棒毆擊那些自以為特別的
你的表情動作都那麼入時合群彷彿
都不屬於你

那是繃帶嗎面具嗎纏著你吸食你的
吸食一些政治不正確的長方形紙片
上癮了就不再痛苦了你感覺自己像神
沒什麼你不能控制的除了自己之外

慣於盲目而快樂誰有資格責怪你
他可以他或許可以但他寵溺你如嬰孩，溫柔的
呢喃你不要急著發現
粉紅色裡藏著最殘酷的社會性毒癮

早就不會痛了

別觸碰疲倦的焦土好嗎
你可以點起火炬
有光就好
不要燃燒任何東西

能復元嗎

如果有足夠晴朗的日子
把時序輕輕晾乾
能再一次平整嗎

如果在此處插入雨季
讓旅途安睡
我們是否能學會期待

學著期待
那是比一次閃電
更輕更重的事情

學著期待
那是比一次閃電
更輕更重的事情

越痛苦越要

你不是會在懸崖前停留的人。

越不堪越完整
身體是砂丘
自渺遠的意識開始崩解
風化中城牆與河、淡漠與怒火
平靜而趨於一體

越乾燥越氾濫
言語灼傷唇角，如果
沒有一場雨為你下
風帶時時把你割傷
你就成為海洋

死是逃
安逸是毒藥
生存是M
越痛苦越要

＊部分意象來自ir。

一起褪色

那時有著過分紙質的表情
輕易被濡濕，輪廓如暈像是
校門後柏油路面
靜靜踏過油然的虹

你的語氣清脆，咬著甜甜圈糖粒
把鐘聲般井然的招呼語

在唇上一一鋪平
走廊光轉，在眼底透澈
我們都還在
假裝喜歡咖啡的年紀

每一次呼吸都是海風
在適合感冒的夏日
我們一起柔軟，像錯季的手織圍巾
要交換一本日記
寫下所有細微，像是咬到舌尖
輕礙的小小煩惱
要告訴你所有祕密，像是
每一次你字裡有雨

我就跟著淋漓

有霧漫過巷底，醒時
我們從此失去詩意的邏輯
（我們將更擅於數學
用不再騷動的指尖拿捏語言
折過的紙星星，都漸漸透明……）

讓所有對白緩緩滑進玻璃瓶
明白每一隻被刮去鱗片的人魚
都還想念海
試圖格律你逐漸異國的口音
為未知的意象押一個久遠的韻

原諒我的節奏遲拖
時常接不住你

可能再也無法一一熨平
我們在乾季裡逐漸僵硬像
錯過畢業典禮的一束玫瑰
逐漸褪色，灰塵悲傷的
一一降落在這個星球

如果可以
如果再有一場雨……

很多很冷很燙的夢

我把它們都託付給你了
你要在

要在重感冒的冬季給我一支霜淇淋
便利商店的店員瞪你
你就生氣

要在十圈操場的盡頭等著
放我乾渴
用我的水壺澆醒玫瑰

要蒙住我的眼睛
用排成心型的蠟燭
親手縱火
和整條街道一起死去

在麵包與愛情之間
選擇包養

在黑咖啡的未來和白吐司的如今之間
選擇愛我

在黑咖啡的未來和
白吐司的如今之間
選擇愛我

我們可能無法溝通

你煮的味噌湯裡
沒有我要的排骨酥
你給的關心
90%和騷擾很像

你以為新警察
真的都從警校畢業

你以為臺女的拒絕
都是欲拒還迎的表現

我猜你可能是
沒經歷過鮫島事件
的那種人
你不知道太黏膩的恐怖
過再久都不能提起

跟你說哦
吹風機的插頭一直不拔起來
會少一個插座能用
很不方便

如果你再不把我拔起來
我會漏電

自我介紹

用一根羽毛把握翼手龍的姿態
用一粒鹽劃定太平洋，用韻腳讀詩
用一份蛋餅評斷一個男孩的愛

用一句話討好所有人
把絲質的禮儀漂亮摺疊
藏住線頭毛球，把太私密的皺摺

一一熨平
管你是不是毛衣
都不可以有漏洞

不要當制服上的番茄醬
不要當早餐笑話
但也不要當文言文
要當一首會被分享的新詩
恰好的易懂、最好有點幽默
寫完之後就乖乖等待
出現在晚安詩上的那一天

轉發數就是你的價格嗎

濾鏡後你還是一樣的形狀嗎
為什麼不能當永和豆漿，為什麼
要當適合打卡的咖啡廳

最後還是一個只有邊邊有餡的三明治
只會讓人失望
還是一首破破爛爛的詩
剪掉了好多自己
依然沒有人想讀你

剪掉了好多自己
依然沒有人想讀你

薄荷糖

涼意漫過敏感的鼻尖
誘發一場夏季的重感冒
腫脹的意識和
越發僵硬的舌根
說不出一句聰明的話

終日昏沉，如

一臺過熱的冷氣機
自以為成熟
還是在吞下藥片時
頻頻嗆水

我遲鈍的感官頻頻出錯
多次在生活中踩空
終於和你們出現時差

我獨自掉進泥淖的睡眠
終日昏沉
含弄一顆薄荷糖
至舌尖疼痛出血
也感受不到一絲甜味

我遲鈍的感官
頻頻出錯
多次在生活中踩空

安穩的糖粉

收集各種花色的襯衫
搭配同一件牛仔裙
像坐在藤椅裡的睡眠
安穩地搖晃

安穩卻搖晃
很多時候我懷疑

是否不同的墨色
也能寫出一樣的詩
才發現用慣了的鋼筆
只吃同一種卡式墨水

港片般不斷重播的
日子磨損我
如藤椅磨損木地板

我正安穩而搖晃
用了一個夏天的耐心
儲存一罐糖粉
日日除濕

知道不是每個人都嗜甜
也是
之後的事

八月

浮上喉間的氣泡紛紛破裂
刺中當季的熱感冒
數月前踩過我額前的雨
留下了偏頭痛的病根

越發易碎的日程
躺在乾裂的掌紋間

此際，景色正無限接近
我的鼻尖

八月，模糊視線的強光裡
一則水霧的寓言浮現
遠方有樓房安穩排列
有鴿群棲息、漫步
不急於紛飛
向一個更好的方向

時值八月，迅速蒸散的寓言
凝成海上晴朗的颱風眼
一個孩子正努力擰開

一瓶強烈搖晃後的汽水
並不知道有怎樣的
風暴在手中成形
即將襲來

不急於紛飛
向一個更好的方向

一樣

關於近況
是細密的牙膏泡泡裡
輕微的辛辣

偶爾在無夢的夜裡
深耕睡眠
種下一片平躺的影子

次日醒時
小心翼翼撕下

為免沾黏
每日我都更光滑
堅硬一點

為免沾黏
每日我都更光滑
堅硬一點

紫紅色的

夜裡凝聚的風
精準穿刺過耳垂上
紅腫的空洞

最長情的告白是
比氣象預報稍稍準確一些的
星座運勢、

深夜廣播

未清理的冰箱裡有紅酒及
一串腐爛的葡萄
觸手黏膩

無人目睹時間的暴行

Lullaby

闔上玻璃眼珠的小兔子
此刻是唯一的愛麗絲
鼾聲與時間安穩前行
蜿蜒一支蜂蜜色的C大調：
「小鳥回巢去，
太陽也休息……」

戛然而止。
一輛不會質疑軌道的
玩具火車，摔落床腳
遺失發條的音樂盒
如何也走不到下一段歌詞
（「到天亮，出太陽，
又是鳥語花香。」）

又會是鳥語花香
如果有人願意自垃圾箱中
拾起一顆漲爛的皮球
願意嚥下薑餅人
胸口的苦杏仁

如果實木衣櫥未曾朽壞而我
得以終生保守兩個祕密——
後方沒有未知的王國、
我是一棵
不結果的蘋果樹

窗外天已黑
母親親手在我心上扎進
魔鏡的碎片，說：
「不要被融化了
不要哭，不要
去想永遠。」

不要去想永遠
過著幸福快樂的日子
我是穿上烙鐵鞋的惡人
走不到故事的尾聲

（窗外天已黑）

遺失發條的音樂盒
如何也走不到
下一段歌詞

失望

此刻一個空無一物的保險箱在一個小偷的撬鎖工具面前
無比惶恐地顫抖：「他是唯一一個在乎我的人了。」

平庸 1

沒有星火所以擦亮火柴
未被點燃的瞳孔凝為冷霧
昨日預見更明亮的草原
此刻是屬於自己的陰影
在夜幕裡獨自湧動，並有
千萬股風來自相同方位
紛紛向不可質疑的遠方低頭

按圖索取約定的月圓、月缺
錯記曆法，出軌的時間走向未曾
預期的一個顏色、神情
如同被多次記載的故事
細節模糊、氣味淺薄
不約而同地走向穩妥的結尾——
沒有火來、沒有燒盡一座森林
獨留一株樹，沒能日日夜夜打磨
貓尖銳如針的瞳孔
卻依然磨損，更加失去
更加是一叢無味的紅漿果
更加被啄食更加的鳥

但我緊握的灰燼如此燙人
如此沉重，壓實我踩過的土壤
每一步都刺痛無比，沒有水
僅有乾涸的泉眼兀自與我對望
要我嚥下過往的礫石，這只不過是試探
試探我是否是足夠好的薪柴，而我知道
比此間與黎明的分界線更加清晰的
知道，僅僅需要一股走岔的微風
它就能燎原

知道，僅僅需要
一股走岔的微風
它就能燎原

平庸 2

昨日的草原
成為今日的草原
似乎湧動的
數股微風
紛紛傾倒

我們錯記曆法
意外走向
一張留白過多的地圖

失信的星河
還滯留在他人的天空
夜裡
我們搜索行囊
翻出身上的
所有口袋

找到一根潮濕的火柴

失信的星河
還滯留在他人
的天空

切歌

用一種燈光模式打糊表情
讓打在身上的彩色糖塊
噎住無味的語句
融化成字尾甜膩的轉音

但放得過久的碳酸飲料
整個世界都失去興趣

已點歌單走到尾聲
在空洞的回音特效裡
清唱無人要求的安可曲
也太過難堪

他切了歌
讓早晚要結束的表演
斷在這該死的瞬間

但放得過久的
碳酸飲料
整個世界
都失去興趣

大恐慌

緊握的白紙黑字
不過比酢漿草的莖牢靠一些
我們顫抖的指尖
勾纏住華而不實的頭銜
認真學習與出人頭地
被錯置為因果關係

掀開無知之幕後
才看見他們都來自大安區

所謂專家許諾的前景
褪色成壁紙，像
父母為你砸爛的吉他
都不可回收

我們拋棄許多去取得
置身這場零和賽局的資格
有人更痛苦一點我們就
更加幸福
我們要活得更好
就有人必須出局

我們要活得更好
就有人必須出局

倖存者偏誤

每個說要自殺的人
都好好活著
那些真正離開的人
從未被傾聽

未命名的星座

夜色映在水裡
滑過望遠鏡的露珠好幾次
直直打進我的眼睛
是你為這破碎的景致
細心嵌上七色的琉璃
是你在真空裡歌唱
靜止了所有的流星

此刻群聚的觀星者們
正拾起燃燒的字句
讓紛飛的火星成為逗點
將閃光的片刻一一連繫
不能忘卻的那些事——此刻
都在掌心凝結
彷彿我手中的凹陷
天生要盛滿流沙的星粒
注定用漆黑的瞳孔
見證你溫柔的光暈

或許仍有不能預見的痛苦如
隕石碎片深深刺傷星球

成為湧泉
我起霧的雙眼
什麼都看不清

但你
你是未命名的星座
沒有確切的象徵、圖形
被詳實記載的意義
你是最後一片的拼圖
是遠方的樓房與風景
你是必須被直視的光
不屬於一個人的眼睛

跳舞的星星

0.

我以空無一物
去承接你的快樂
傾倒所有，竟如此滿足
我著迷於瑣碎的話語中
鈴鈴作響的愛的箴言

1.

先學會固守我們的教室
當一隻溫馴的蜜蜂
收起翅膀，收起刺
認準一顆燈泡

在逐漸合律的音調
桌腳與格線的切合中
我們從一群個體
變成一個群體

2.

隨時準備離開又
隨時可以徹底淪陷
我們共同擁有的樹與詩句
記憶的玻璃彈珠
在每一次奔跑時
折射出水色的操場

用陌生的語言
再一次確認彼此吧
沒有旁白或動作指導
統一的服裝和出場時間
最珍貴的角色

此生只扮演一次

3.

夜自習裡昏昏欲睡的
日光燈與慣用手
不斷衍生的問題和
青春不存在的正解

貓和松鼠
找到落足點的蜜蜂
明明都沒忘記飛翔的可能性
但天真的誓言和身體

都還在膨脹，要從此畢業
談何容易

0.

我以空無一物
開始，為了成為更好的容器
去承載你、去遇見
去傾全力握住流沙
為了在一色的玫瑰叢裡
找到唯一發光的
那朵，為了在混沌中仍看見你

為了失去而擁有
使我已空無一物的心底
盈滿恆常舞蹈的星

我以空無一物
開始，為了成為
更好的容器

暫時停靠

謝謝你不試圖打開我的車門

出軌

我們共享人生最爛的那三年
我們共享自卑、共享恨
共享一個個夢想
在彼此耳邊珍視地咬字
也共享把它們乾脆打碎的快感
我們偏離軌道
走上沒人願意的那種岔路

抓著彼此過長的書包背帶，誇口
佯裝正走在我們發現的新大陸上

我們不屑所謂正途，所謂
繪製精準的藏寶圖
肯定是一個個惡劣的大人
（例如不準時下課的老師）
精心設計的爛把戲
那些緊握指南針的膽小鬼
不知道他們錯過了什麼
（例如、例如什麼
爛泥巴路或是室溫的罐裝啤酒？）

規整的格子把我們吐出來
是一個人吐出能噎死他的魚刺還是
野狗吐出一塊沾滿口水的巧克力
跟我們嶄新的習題簿一樣
還沒有答案
「告訴他們別太囂張了。」
說好，要堂堂正正的一事無成
當一票堂堂正正的廢物

說好，我們可以去做
任何一種被唾棄的事
可以放任傷口感染、埋頭狂奔
撞暈自己或躲藏起來

和世界永遠分道揚鑣
可以杳無音訊、成為鬼
成為彼此生命裡又一塊爛瘡

但永遠不要接受治療
不要被規訓、當一條狗
滿足於潔牙骨而忘記如何
撕開生活滾燙的血肉

說好，若我服膺這荒唐的平靜
從木板裡岔出來的鐵釘
成為一根實用的螺絲
請把我拖離正軌，就像

爽快地把一顆青春痘擠破
流出膿血、留下疤
就像三年前我對你做的那樣

撞暈自己
或躲藏起來
和世界
永遠分道揚鑣

安靜

那些不被打斷的妄念
絲線的時間——
拉長得有點透明
汽水瓶上水珠滾落的一刻
窗外的泡泡就紛紛破了

只有我在意的事

屬於那個時刻的風
公車站牌、等待的人
永遠即將到站的下一班
開往你家的車

如針的月光
我們還沒見過的星星

當商店的跑馬燈變幻色彩
想像夜能有第二種模樣

或許是昏暗的街口
共同踏過多盞路燈、走過日日
盛開又安然闔上的日日春
或許是精神不濟的警衛在社區大廳
聽著十幾年前的流行歌

電梯裡凝固的空氣
溫暖的灰塵氣味
不厭其煩地
讀同一張泛黃告示

你輕易撕下的昨日
還在我這邊
「我不想陪你走到那裡了
你已對離開的道路非常熟悉。」

晚餐

要當更加胡椒的那種人。你說
咬著筷子尖端，晃著

為什麼不甘於鹽呢
彷彿全世界都愛你但
沒有人只愛你，這是

非常惡劣的行為對於
菜的口味，對於明明可以
不填滿的部分，沒有醬油
就總是不甘願

桌上的燙青菜比桌布
更加適合擔任桌布但燙青菜
一句話也沒說因為他
甚至是沒有加鹽的一盤
燙青菜

彷彿全世界
都愛你但
沒有人只愛你

永不結束的夏日 2

麥芽糖不融化
從不鬆懈
久未見面的你
用親暱輕蔑的語氣
與我敘舊
並不談起思念

腹中全力綻放的花
我不死的肉體凡胎
只在此刻
無聲的蟬鳴，輕浮的陽炎
就使我頭暈目眩

如奔跑的野狗終於
發覺稻田之無止境
向天空伸出喘氣的舌
向殘忍的綠色
給出腳掌上的血

「就像當年一樣。」

你不在意地瞇眼笑著
踩過水窪時
甚至也不曾注意
家鄉下過怎樣的一場大雨

賣紙

在藍色與金色交織的假期
之起始，琉璃綠的樹葉
淡紫色疏影和棗紅的樓梯扶手
我們協力搬下一箱箱教科書
走下灰色的磨石子階梯

拖車嘎啦嘎啦響

碾過發燙的柏油路
淡水的夏天，全台灣最明亮的
陽光就在這裡，在我們的帆布鞋尖
把我們的臉頰燙紅
像你家黏黏的樓梯扶手

往造紙廠的路就是往海濱的路
長到毫無止境，泛黃的考卷
一學期的計算紙和滿滿的塗鴉
稱斤論兩換成一盒蘋果牛奶糖
兩支冰棒，說好什麼都要一人一半
滴到手心的糖水也要

但我們都在說謊，畢業紀念冊裡的
友情可貴，分別步步高升
卻沒有再走過你家的樓梯
夕陽的巷口，上學的公車站牌
校門前的人行道重新補上磚石
補上我的位置彷彿
我從未來過

一個人，我賣不掉的紙
都堆在蒙塵的房間
偷偷傳遞的紙條，手作的信封
我們壓在桌墊底下的夏日，遠方海的剪影
青春作為沒有妥善結尾的小說
始終壓著我，無法搬開

青春作為沒有妥善
結尾的小說
始終壓著我，
無法搬開

果汁陽台

夏季捲捲的尾巴還卡在這裡
柴犬色的陽光，柔軟肚腹
高腳椅抬起頭仰望的角度
正好向著窗外的海
波浪起伏像小狗安睡的背脊
露出尾端剛換上的米白絨毛

曬過的襯衫，薄荷與迷迭香盆栽
理想的家屋意象，就在這裡
你曾經失去的祕密基地
袖口沾上果汁、夢沾上時間
成為一枚毛邊的汙漬
而你透過它，抓住那隻錯過的蝴蝶
感到完滿，呼吸著橙黃的午後
鬆開雙手，像輕輕捧住玫瑰
再也不弄傷自己

袖口沾上果汁、
夢沾上時間
成為一枚毛邊
的汙漬

小情小哀

棉絮與吻，不斷的噴嚏
絨毛玩偶永遠不眨眼睛
它是永恆的，不像床頭櫃的花
不像此刻看著我的視線
其實都朝向我的後方
過敏是永恆的，在我狼狽的時候
最為執著

馬克杯裡的溫水漲跌起伏
不變的是藥與睡眠
劑量兩顆半的平和寧靜
當有人睡在我身邊，然後
悄悄離開，我就能睡得安心
深知，再也不會離別

當有人睡在我身邊，
然後
悄悄離開，
我就能睡得安心

孤獨

此刻你才知道
你一直活在自己的玻璃珠裡
淋著無人聽聞的暴雨
音樂與電影，信與訊息
一一略過，愛人的聲音是
你從未聽聞的外語
你觸碰空氣

但空氣並不觸碰你

抽去語言，抽去表情
在真空裡你仍見夢見自己
搭上捷運，成為眾人之一
成為騎上腳踏車後
就不再停下的人，即使從未前進
看見自己曾深深受傷
但已徹底痊癒

去想像一個夏天，你與你
坐在野薑花開的湖邊
湖面如鏡，想像自己完全透明

風穿過你、陽光穿過你
用玻璃珠的眼睛承接一場太陽雨
知曉痛，知曉孤獨
知道為了成為自己
你得先成為自己的容器

冬季

新毛衣的氣味，冷冷的窗
烤吐司上融化的果醬和奶油
白瓷杯子，冒著煙的熱可可
暖黃光中漂浮的塵絮
是精靈的魔法粉末，永恆飛翔
為了一個人的笑聲
鑄成一枚銀質鈴鐺

把手套握在手裡，收進口袋
在月光下閃爍的人行道
行人與行人的短靴，與他們
發紅的臉，等待著他們的家
每一條路都通往一個人的夢鄉
通往一支想像中的紅磚煙囪
與他們篤信的童話

未曾降臨的雪，迷路的北極星
沒有馴鹿沒有結冰的湖
只有滿街燈飾，節慶歌曲

家人的眼睛裡有你的倒影
冬季已經抵達這裡

為了一個人的笑聲
鑄成一枚銀質鈴鐺

那個字太殘忍我不敢說

你知道清醒的感受嗎？
畏光的雙眼，窗外的日子直直
照射進來，行人與車聲
都在前進，往你看不見的方向
明亮的東西都在沒有你的地方
好好的存在，外面的人過著
你想像中的幸福生活

因為你不在

你知道呼吸的方法嗎？
又冷又燙的空氣漲滿你
空蕩蕩的肺部，他們說深呼吸
就不會害怕了，床底的鬼
錯失的生活，你一步一步為自己
建起的閣樓，即使無人叩問
透過清澈水杯看見的愛的錯覺
如此扭曲但
都不值得害怕畢竟你
應該會深呼吸吧

你知道出門的路徑嗎？
打扮自己，配合天氣穿上合宜的外套
踏進鞋子裡踩下腳印
好像你真的存在，並且懂得
為自己負責，愛自己再去愛人
善良但不失銳利，為了不去成為
某人的負擔，而去成為某人
相信世界愛你而你已經明白被愛
是什麼感覺

你知道活下去的話，會發生什麼嗎？
如果只是躺在這裡睜開眼睛就
什麼也不會發生，誰的訊息都一樣

輕易，好像你是流傳已久的鬼故事
大家談論你但不與你談論
任何事情，你就這樣穿過去，穿過
時間、缺席的聚會，獨白的病
被無人聽聞的暴雨
徹底淋濕，然後躺下
假裝你明白了什麼
假裝你為此深有收穫並且
不怪罪任何人
因為大家都愛你
因為明天依舊會來
而且會更好
因為你不在

因為明天依舊會來
而且會更好
因為你不在

國家圖書館出版品預行編目資料

那個字太殘忍我不敢說 / 周予寧著 . -- 臺北市 : 三采文化股份有限公司 , 2021.04
面 ;　公分 . -- (Write on ; 5)

ISBN 978-957-658-507-4(平裝)

863.51　　110002635

suncolor 三采文化集團

Write On 05

那個字太殘忍我不敢說

作者｜周予寧
副總編輯｜鄭微宣　特約主編｜林達陽　責任編輯｜鄭微宣
美術主編｜藍秀婷　封面設計｜高郁雯　內頁設計｜高郁雯　美術編輯｜ Claire Wei

發行人｜ 張輝明　總編輯｜ 曾雅青　發行所｜ 三采文化股份有限公司
地址｜ 台北市內湖區瑞光路 513 巷 33 號 8 樓
傳訊｜ TEL:8797-1234　FAX:8797-1688　網址｜ www.suncolor.com.tw
郵政劃撥｜ 帳號：14319060　戶名：三采文化股份有限公司
初版發行｜ 2021 年 4 月 29 日　定價｜ NT$360
3 刷｜ 2021 年 11 月 10 日

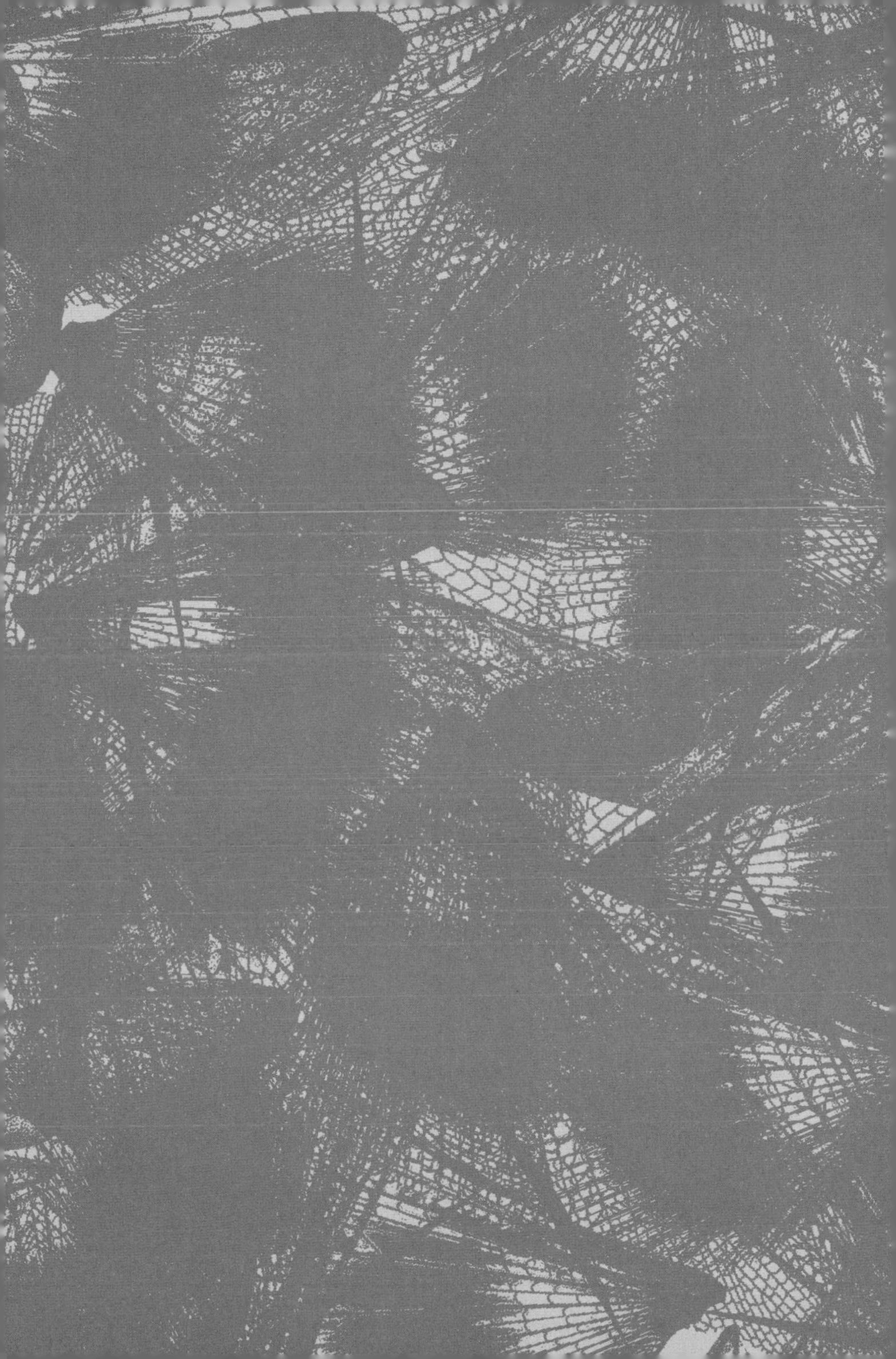